가장자리 물억새

가장자리 물억새

2024년 10월 17일 초판 1쇄 인쇄
2024년 10월 25일 초판 1쇄 발행

지은이 | 이숙경
펴낸이 | 孫貞順

펴낸곳 | 도서출판 작가
　　　　(03756) 서울 서대문구 북아현로6길 50
　　　　전화 | 02)365-8111~2　팩스 | 02)365-8110
　　　　이메일 | cultura@cultura.co.kr
　　　　홈페이지 | www.cultura.co.kr
　　　　등록번호 | 제13-630호(2000. 2. 9.)

편집 | 손희 김치성 설재원
디자인 | 오경은 박근영
영업 | 박영민
관리 | 이용승

ISBN 979-11-94366-03-4 (03810)

* 잘못된 책은 구입하신 서점에서 바꾸어 드립니다.

값 12,000원

작가기획시선 036

가장자리 물억새

이숙경 시조집

작가

■ 시인의 말

마침내 가을
가장자리를 떠돌던
길눈 어두운 말들이
여백으로 돌아왔다

2024년 10월

이숙경

차 례

2부
비탈져 달아나는 틈

3부
곁가지 툭 칠 때마다

4부
햇살을 바투 당기며

1부
길을 여는 별섬

오로라

한 마리 새가 되어 설원으로 날아가리

마음 닿는 거기서 극점이듯 만날 우리

마지막 찰나를 위해 광년을 벼려 왔다

함부로 소멸하지 않을 우주의 한 행성

삼엄한 궤도 따라 위도를 올라온 내가

태양을 벗어난 네가 춤을 춘다 춤춘다

막다른 고비까지 온몸으로 끌어당겨서

눈물로 부둥켜안은 궁극의 빛 그 파란

끝 모를 한뉘의 심연 그토록 맞이한다

외달도

때때로 틈이 날 때 곁이 되어 주는 섬
바람과 파랑에 밀려온 배 떠나보낸 뒤
느긋이 뒤돌아서서 달동 바다 거닌다

물때 오래 기다려 길을 여는 별섬처럼
내어 주고 바랄 것 결코 없는 외사랑
포도시* 털어놓으면 파도가 다독인다

외로운 건 섬 아닌 지독한 사람의 일
놀구름 내려앉아 함께 물드는 저물녘
노을에 타고 있는 난 맨 나중의 섬이다

*거우라는 뜻으로 전라도 방언.

역류성 후두염의 봄

입 밖에 내지 못해 맴돌다 갇힌 말들

협곡을 부딪쳐 나온 이따금 멍든 소리

켕길 것 전혀 없지만 원인불명 되짚었다

단숨에 목구멍 깊이 피어나는 명자꽃

울타리를 도로 쳤다 마음의 둘레만큼

후끈한 열꽃이 오래 꽃가지를 물들였다

무엇을 대신하여 묵계를 받았는지

들쑤시고 캐물으면 미궁에 빠지는 답

실마리 더듬는 사나흘 목젖 바싹 조였다

다카포

마디마디 움트는 숨 그 숨결 고르며
새소리 물소리로 목청을 푼 빗소리로
허공에 울려 퍼지다 돌아오는 너의 노래

여리고 감미로워 허릿살 낭창한 곳에
슬프고도 아름다워 뱃심 우묵한 곳에
벅차게 품어도 좋을 도저한 밀약의 노래

모천을 거슬러 온 연어의 절창처럼
올찬 파도 채보하는 먼바다 별빛처럼
목놓아 부르다 보면 닳고 마는 마디마디

모과, 꽃말처럼

매무새 붉게 여민 꽃 중의 꽃이고자

늦되게 터진 말문 드문드문 피어나

줄기에 골이 패도록 강단을 품고 사네

풍파를 견뎌야만 향기를 쟁이는 법

꼭 쥔 손에 만져지는 울퉁불퉁 지나온 길

못생겨 탐할 리 없다는 말쯤이야 대수랴

단단하고 무딘 껍질 순도를 드높여서

여유만만하게 벋으며 우려내는 참된 시간

끈끈히 스며 나온 내음 다디단 유혹이네

내게 섬이 생겼다

어쩌면 저 섬을 가질 수도 있겠다
여러 해 눈여겨봐도 찾는 이 하나 없는
그 안이 너무 궁금해 정박한 배 타려 한다

빈 섬을 채우려는 요사이 들떠 있다
까다로운 법 따위 모르는 건 다행인 일
바다를 가로지른 생각 이미 섬에 닿았다

더불어 지낼 사람 덩달아 따라오면
나무와 새 풀꽃은 그 손에 맡기리라
지켜 줄 짐승도 몇 마리 수풀에 풀어야지

나달나달 분 단위로 쪼개어 사는 나날
자질구레한 마음의 짐 뭍에다 벗어두고
어서 와 정히 쉬라며 저 섬이 날 부른다

저만치 가고 이만치 오려고

번호를 지우려다 얼굴 한 번 더 본다
한때 따뜻했으나 지상에 없는 사람
손가락 들었다 놓았다 들킨 듯 미안하다

허공에 다시 개통할 이것 하나쯤 놔두자
길들인 암호처럼 서로의 단서로 삼아
빗소리 귀청을 울리면 뛰어나가 받지 뭐

고들빼기, 꽃

앞만 보고 지나치던 후미진 길모퉁이
하얀 벽 말미에 쓴 절절한 문장의 꽃
발걸음 멈춘 곳에서 무릎 절로 구부린다

깨진 바닥 틈바구니 실낱 같은 흙길을
한동안 두근거리며 종종댔을 꽃씨 몇 알
비바람 다 물리치고 햇살 아래 오롯하다

풀로 뽑힐 위기를 꽃 피워 모면한 힘
두 눈동자 가득히 그 의연함 담아간다
사는 일 쌉싸름하지만 물큰해지는 쓴 내

다랑쉬오름

불타오른 너의 분 다 식은 분화구에
넘치려는 나의 분 쏟고 싶은 봄날 오후
무작정 한달음에 올라 한바탕 터놓는다

뿔뿔이 흩어지고 찢긴 마음과 마음
그때처럼 그만한지 연두가 와 묻는다
혼자만 잠시 아픈 건 두말 말고 가라는 듯

오래도록 에인 설움 쟁여 둔 소용돌이
용솟음칠 때마다 다독이며 품에 안지만
유난히 깊어진 빈속 읽게 하고 일깨운다

시월, 산비탈

눈높이를 모르고 가슴 높이로 살아서
얽히고 맺힌 응어리 자꾸만 생겨나네
맥없이 뭉쳐 다니는 구름만도 못한 것

부딪히면 비를 쏟아 뿌리라도 거두지만
부딪히면 화근이라 뿌리 뽑는 사람살이
비슬산 오르는 사이 눈에서 멀어지네

닫힌 맘 열어 놓고 찬바람 등에 지면
구불구불 다랑이논 타고 나는 새처럼
어느새 초롱한 눈에 하늘빛 가득차네

통영에서 사는 법

토영 혹은 통녕이라 그래도 통영이다
차지게 아니 불러도 이미 잘 통하는
그 이름 맨 처음부터 통통 튀던 맥박이다

거, 됐나? 묻자마자 하, 됐다! 그러면
긴말 필요 없다, 한마디로 다 된 거다
굼떠서 궁싯거릴 땐 문디 새끼 톡 쏜다

욕되지 않을 욕은 곱씹어 보지 마라
한바탕 걸걸하게 웃고 나면 그만이니
오종종 오랜 섬들도 그리 문대며 살아간다

안개 분수

당신이 짙어지면 비로소 설레지요
연유를 알 수 없는 그 푸른 심연에서
서서히 길어 올리는 유장한 천의 목소리

당신이 느껴지니 온 빛으로 춤추지요
외로 돌아 바로 돌아 자늑자늑 스러지는
뒷모습 그것마저도 오롯이 거두는 밤

당신은 목비처럼 가슴 흠뻑 적시고요
어둠 속 한순간을 피었다가 지는데
미련한 잔불로 남아 꿈틀대는 아직 너

우수아이아*로 떠나는 밤

극에 다다랐네
끝이라는 넋두리

듣자마자 보자마자 점을 찍는 세상의 끝
기어이 끝을 향하여 가슴 내미는 한밤중

혼잣말 쏟은 바다
붉은 등대 지나서

오래도록 쓴 편지 우체통에 부치네
북반구 위도를 짚으며 북으로 더 북으로

물개 같던 바다사자
펭귄 같던 가마우지

가까이 다가서면 제대로 알 수 있듯
구태여 먼 땅끝에서 끝낸 나를 보려 하네

* 남극에 가까운 아르헨티나 세계 최남단 항구 도시

노을이 지는 것은

무엇보다 소소한 건 시간을 맞추는 일
기다리는 사람이 서너 명 혹은 네댓 명
강물이 채비하는 동안 마침내 내려옵니다

얼마큼 신고 가다 어디서 내려놓을지
노을에 얹힌 마음 늦도록 술렁입니다
단 하루 산 까닭인지 처절하게 아름답네요

버드나무 가지 사이로 이마 위로 돋은 별
바람이 머리카락을 가를 때 알았습니다
순장의 풍습 같은 저녁 오고야 마는군요

숨

야트막한 문턱을 온종일 들랑날랑
사방 환히 열린 하늘 문을 보신 듯
마지막 젖은 눈빛이 우물보다 더 깊다

광활한 우주 향해 들이쉬고 내쉬며
이륙을 서두르는 비행체처럼 떠올라
울면서 붙드는 소리 휘휘 흩고 만다

탯줄로 교신하던 그때부터 아주 오래
끈끈했던 우리 사이 놓친 그날 이후
어머니 두려운 숨이 귓가에 또렷하다

2부
비탈져 달아나는 틈

거위와 여자

풀썩이는 거위를 발치에 묶어둔 채
연못에 빠진 여자가 굽어보는 흐린 하늘
한 열흘 고온다습했던 그 남자는 떠났네

구름이 늘어놓는 변화무쌍한 변명을
모르는 듯 삼키고 몇 번 뱉는 물맴이
잔물결 일렁거리는 속임수가 능청스럽네

물색 따위 모르고 살아온 지난날들
마파람 귀엣말에 불그레한 여자의 뺨
여태껏 날갯죽지뿐인 둘이서 푸드덕대네

안개비

아무도 아무것도 보이지 않는 이른 새벽

수수만년 잠든 인류 이곳은 그쯤일 터

원시의 허허로운 벌판 그 위를 달려가네

해야 할 여러 일 따위 여기서는 오리무중

사방으로 피어나는 영문 모를 꽃의 향기

그때의 어느 날인 듯 숨죽이며 좇아가네

번번이 곤한 나를 성가시게 일깨운 시간

오래도록 맥을 못 추니 벗어나기 좋은 날

젖으며 닦으며 갈 길 마음에도 길이 나네

108번이 오는 동안

멀거니 바라보며 바장이는 새 한 마리
승강장 얼룩진 냄새 한참을 쪼아대나
딱하게 부리만 아픈 채 굶주리는 또 한 끼

멈칫 날개 접었다가 이내 날개 폈다가
넉넉한 배차 간격 그 사이를 곰곰이
콕콕콕 요점 정리하듯 꽁지깃 추키는 새

머물다 떠나는 곳 노선이 굵고 환한 길
국도 따라 어느 집 마당 한 편 잡으면
큰 나무 둥지 삼아서 살고 싶은 모양새네

사리 즈음

거품 물고 달려와 자지러지는 파도
며칠 통 못 봤다고 보채다 스러지네
그 물결 간신히 당겨 쓰다듬는 다저녁

마루까지 날아와 걸터앉은 갈매기에게
살포시 경계를 풀며 다가서는 길고양이
망보며 찾아온 작은 집 허물없는 둘 사이

올 사람 기다리듯 밤새도록 비추는 달
더불어 빛을 채우는 바다 위 푸른 별들
잠 못 든 내 눈빛도 내내 어둠 속에 켜두네

오백일의 우크라이나

일그러진 눈썹에 도사린 짙은 공포
솜털을 흠뻑 적신 눈물 자국 타고 올라
소년의 눈동자에 담긴 참화를 들춰 보네

기습 공습 판치는 아슬한 포연의 땅
터질 듯 미어터질 듯 달아오른 두 볼
저들을 꿰뚫는 눈빛 핏발 서 이글거리네

잃어버린 안녕 대신 겹겹이 싸인 불안
살아서 살아남아서 내일을 보고 싶어
느껍게 밀려오는 기도 명치께 묻어두네

배둔으로 가는 길

움푹 팬 바닥마다 흘러든 장맛비
오늘은 내게도 한나절 고여 있다
지나다 내려앉는다
함초롬히 젖은 자리

밍밍한 차 한 잔이 온기를 잃는 동안
휴게의 관습처럼 지나는 습관이 된
좁다란 시골 탁자에서
유행가를 듣는다

갈 길 아직 먼데 탈선은 비 탓이라며
따라온 적막의 시간 부려 놓는 곁길
가끔은 멈춰야 할 내게
짧지만 틈을 준다

욕지도

보고 싶어 왔는데 나서지 못했습니다
더 보고 싶은 채로 더욱 견디겠습니다
그토록 바빠 와 놓고 궁색한 변명입니다

가만히 누워 듣는 파도 소리 빗소리
문틈으로 들어오는 바람조차 낯선 곳
떠나는 여객선 미동에 잠시 몸을 싣습니다

터무니없이 애끓던 얽히고설킨 일들
점점 잊히기는커녕 그대로 선명하여
숱하게 다가서다가 뒷걸음치는 섬입니다

소리에 든 말

어려서 부모 말씀은 옳더라도 잔소리
자라서는 그 말씀 투덜대며 군소리
이제야 따끔하도록 듣고 싶네, 한소리

마주하면 미주알고주알 흰소리하는 남편
헛소리 막 대하듯 혼잣말 이죽거리지만
말로써 귀담아들을 소리 그러다 또 놓칠라

느린 날의 동행

묵호 가자 한마디에 동해가 출렁거려
하던 일 다 제치고 무조건 따라간다
혼자서 나서지 못해 깊숙이 묻어둔 곳

가다 쉬고 쉬다 가는 모처럼 찾은 여유
막무가내 떠들썩 파랑으로 굽이치는
한물간 우리의 노래 해안선 휘몰아간다

질척한 삶 짊어지고 오르는 논골담길
바다를 끌어안은 바람의 언덕 위로
당차게 가닥을 잡은 파도같이 넘쳐 본다

뱃길

자다 깨다 잠결에 간신히 오른 첫 배
다짐도 아랑곳없이 장마전선 따라서
비구름 자욱한 그 섬 홀연히 찾아가네

격랑에 휩쓸려 간 오랜 뱃멀미 끝에
어지러이 닿았던 흐린 기억 돌아보면
너에게 온당치 않은 무연고 섬이었네

이골이 난 소문보다 재바른 섬의 체념
오갈 데 없는 네가 자주 선 벼랑일까
기우는 그 굽이마다 통점을 쓸어주네

살고 싶다 남발하는 뭍사람들 틈에서
혓바늘 붉게 돋아 깔깔한 물 한 모금
더이상 삼키기 힘든 목젖에서 거르네

눈물 호수의 아이

등뼈를 발라 먹다가 맛있는데 무섭다
뜬금없이 떠오르는 아프리카 말라위
흙 묻은 작물 이삭을 달게 씹던 형제들

부모 그림자 짊어진 맏이의 야윈 등으로
종일 벽돌 나른 값 옥수숫가루 한 봉지
그 돈이 생기면 먹고 없으면 굶기 일쑤다

어쩌다 먹는 끼니 최후의 만찬만 같아
허기를 급히 채우다 목메어 우는 아이
불현듯 검은 눈동자 내게로 깊어진다

새벽 비

듬성듬성 잘리거나 촘촘히 잘리어
서성이는 빗소리 숨 막히는 어둠 속
창밖을 바라보다가 젖은 눈빛 잃는다

일상을 능청스럽게 사로잡는 많은 일
느른한 잠마저도 제 것인 양 거두어
온전히 사역하기 위한 미련을 단련한다

가지려면 비탈져 달아나는 틈이라는 것
뜸하기 그지없는 쉴 틈 놀 틈 잘 틈 빈틈
마침내 빗발치는 새벽 틈바귀에 끼었다

때때로 주의보

열릴 곳 다 열렸는지 자꾸만 쳐다보면
닫힌 곳 하나 없이 사로잡는 그 열기
갈수록 벽창호같이 폭염으로 옥죄네

닫힐 곳 닫혔는지 채근에도 불구하고
열린 곳 전혀 없이 파고드는 이 한기
한사코 강다짐하는 혹한이 오고 마네

툭하면 변덕스레 사방을 움켜쥐려
햇살을 걸고넘어지는 비바람 눈서리
불온한 어둠에 숨어 한바탕 치고 가네

바람의 창

한동안 기미 없는 널 애타게 기다린다
액자 속 그림처럼 굳어진 연두며 초록
뜸 들인 시간을 지나서 마침내 불어온다

나무에서 나무로 가지에서 잎새로
일제히 흔들리다 잔잔히 잦아들어
내밀한 고요의 틈을 뒤흔드는 회오리

보이지 않는다고 꽤 오래 속여 왔던
느껴질 뿐이라고 참 오래 믿어 왔던
풀조차 아는 바람을 비로소 보는 중이다

콧노래 흥얼거리는 저녁

쇠심줄 끓였다 해도 마다하지 않을 듯
밥 한 덩이 말아서 후루룩 뜨고 나면
북새통 시장에서도 갈 길이 환해지네

허기져서 힘든 날 국밥집 덤덤히 앉아
기울이는 막잔에 한 모금 남은 시월
속 창자 다 끄집어낸 그림자처럼 가뿐하네

도리질 몇 번 하다 토막 난 생선 두 마리
비린내 품어 안고 들어서는 골목 저 끝
살갑게 끌안고 사는 피붙이의 집이네

3부
곁가지 툭 칠 때마다

화본역

잘 다린 블라우스 옆구리로 다가와
속수무책 움켜쥔 바람에 끌려간다
내게서 탈선한 시간 돌아오지 않는 역

침목 위 지렁 거드는 햇살의 먼길 따라
화물열차 꽁무니에 던져진 버거운 짐
한참을 엎치락뒤치락 들썩이며 떠난다

여기서 이제 다시 어디로 갈 것인지
개표구 나와 서면 잊고 싶은 목적지
느슨히 돌려세우는 복선이 설핏 환하다

까치구멍집

에두른 흙벽 돌아 헐거운 문을 여네
발자국 거뭇하게 중첩된 마룻바닥
삐거덕 소리에 놀라 바스러지는 고요

미덥고 무던했던 지난날은 따뜻했고
부옇게 내린 빛은 몹시도 아련하여
겹겹이 떠도는 먼지조차 온기로 느껴지네

빠끔히 난 문 앞에 발을 치던 하얀 눈
한겨울 오도 가도 못할 산간의 외딴집
가끔씩 지붕 구멍으로 삭인 숨 몰아쉬었네

물밥 한 상

그 속 들여다본다 부려먹기 바빴던 몸
핏대 올려 산 만큼 혈압은 높아지고
맘 졸여 웅크린 만큼 구곡간장 다 녹은

무심한 살결에 묻혀 뼈대가 삭는 동안
한 올 머리칼조차 쥘 수 없이 바닥난 힘
맹물에 말아놓은 밥 사레들려 우는 한 끼

굽이치는 길

애벌레 내어준 한 떼기 얼갈이배추
이파리 구멍마다 큰 하늘 작은 하늘
밤마다 이러니저러니 수만 별빛 빠지네

푸른 숨 남은 잎맥 뚜렷한 며칠 사이
번데기가 되라는 바닷바람 엄한 귀띔
밑바닥 기어 봤으니 거뜬히 견뎌내네

사방이 꾸불텅해도 끝까지 꿈틀거려
와 닿는 면벽의 시간 이레쯤 여드레쯤
무젖어 깨어난 흰나비 바다 위 차오르네

나앤이 치과

식빵 대신 건빵을 덜컥 입에 문 아침
오래도록 묵힌 걸 왜 하필 집었는지
어쩌랴 어처구니없이 실금이 간 어금니

사과 한입 베고자 마른오징어 씹고자
식탐으로 물고 뜯다 찰나에 깨져 버릴
나머지 이들의 불운이 두려웠던 진종일

으레 이는 쓰다 생긴 상처로 가득한데
다만 아프지 않아 모르고 살아간다는
씁쓸한 위로 한마디가 그나마 다행인 날

구름 둘레길 은행나무

가늘고 성긴 노래 바람결에 들리네
가다듬은 천년 목울대로 차올라
갈라진 성부에 드는
주름진 몸피의 음역

내쉬는 성채의 숨 푸르고 지극하네
부름켜의 비밀이 살아가야 할 이유가
얼마나 더 남은 걸까
되짚는 초록 잎맥

채록한 누대의 소리 잎새에 나부끼네
그늘을 펴 다스리는 딴청 떠는 딴 시대
한자리 뒷짐 지고 선
그런 나무 아니란 듯

수국이 세 번 피고 세 번 지는 동안

오늘을 갖자마자 어제를 다 버렸다
저녁이 오기도 전 그마저 또 버렸다
내일을 몹시 탐하는 여전한 중독이다

누구나 그럴 거야 너스레를 떨다가도
아무도 없을 거야 나무라며 살아가지
어렵다 하고많은 날 하루를 거두는 일

움질대는 금지

더 가까이 오지 마세요 진입 금지 보이지요 얕은수로 낚으려는 너의 맘 들켰으니 잠깐만 일시 정지해요 앞지르기 금지입니다

경작할 맘 거두세요 씨앗은 반입 금지예요 죄다 금지 투성이 하지만 가만있어요 섣불리 뭉치면 큰일 집합도 금지입니다

이일 저일 하겠다고 뛰어들면 안 돼요 제멋대로 갈 수 없는 저기는 통행 금지, 옥죄는 모든 것들이 해금되는 후한 밤입니다

외려

태양을 마주하는 한낮인데 캄캄하다
등 뒤에서 비출 때 별 탈없이 가던 길
검은색 안경을 쓰고 눈먼 듯 휘청인다

온전한 눈동자를 움푹 도려내는 빛
가리거나 피하거나 돌아서 가다 보면
저 혼자 힘꼴깨나 쓰다 마침내 지고 만다

어둠 속 희미해도 은은히 우러나와
밤새 유려하게 둘레를 밝히는 달빛
그 빛을 따르고 싶어 오래도록 바라본다

화물차의 기억

갈림길에서 처음 만나 무심코 따라갔네
앞서거니 뒤서거니 추월할 까닭 없었지
곁가지 툭 칠 때마다 덥석 안는 가을볕

거침없는 사내처럼 단풍잎 죽죽 털며
모른 척 나아가는 천진스러운 뒤꽁무니
눈부신 보시의 길섶 저저이 붉어졌네

다가오면 움찔하여 멀찌감치 달아나던
바퀴의 질긴 습관 감쪽같이 지운 그날
한참을 분에 넘치도록 물드는 길이었네

밀양

떠돌던 젊은 시절 어물쩍 머물렀습니다
언제라도 떠날 듯 역 언저리 집을 얻고서
기적이 울릴 적마다 가방 거듭 쌌습니다

밤새 잠 못 이루고 갈 길 오르락내리락
술래가 잡지 못할 속수무책 사람처럼
기대는 온데간데없이 사라진 때였습니다

가진 것 다 주고도 저만치서 아라리
된여울 헤쳐 나온 은어의 지느러미로
서른을 거슬러 가면 숨겨진 통점입니다

이난영

사랑은 간절기처럼 오는 둥 마는 둥
고독은 이내처럼 다저녁에 스며들어
온몸이 문드러지도록 그녀를 아프게 했네

풍랑에 흔들리고 벼랑에 부딪혀도
칠흑의 밤바다 그보다 깊은 곳에서
노래는 속울음 섞인 빗소리로 들렸지

한 시대 어둠을 깨운 그녀는 우듬지 새
가녀린 음역으로 부르던 목포의 눈물에
맑게 괸 슬픔은 오래 메마르지 않았네

방아쇠 수지

누구를 겨냥했을까 한참 떠올리는데

어디서 비롯되었나 재우치기 바쁜 의사

무심히 얼버무린 말초 뒤적이는 눈빛이다

미수에 그친 손 슬그머니 쥐었다 편다

과녁을 관통하듯 불거진 중심을 찾아

붉은빛 레이저를 쬔다, 저릿한 적선이다

하여튼 그런 저녁

실반지를 꺼내 놓고 손과 발 문득 보네
하나는 드러내고 하나는 늘 감추는
한몸에 나고 자라도 그늘진 이끼의 발

짧고 무딘 발가락을 손가락에 대보네
모두 다 길었다면 먼저 잡으려 다투고
밑에서 받쳐주는 일 서로 미뤄 놓쳤겠지

사는 가락 달라서 헛뿌리로 견뎌온 길
치켜세워 힘을 주는 뚜벅이 발끝에서
미더운 하나를 골라 발 가락지 끼워 주네

호랑이콩

말린 장어 떨이가
몹시도 고마운지

여투어 둔 콩꼬투리
덤을 주는 항구 아낙

밥물에 붉게 우러나
무늬지는 무서운 정

4부
햇살을 바투 당기며

늘 푸른 그의 집

사는 곳 물으니 푸르지오 말하며 웃는
나 그런 당신 집을 꼭 가보고 싶어져
유난히 별빛 푸른 날 골짜기 올라갑니다

요동치는 집값에 아랑곳없이 잠적하여
딴 세상 누리고 사는 특수가 부럽습니다
이름값 천정부지를 아는 사람만 압니다

아무나 살 수 없는 일등성 별자리 터
갓 태어난 별들을 마음껏 바라보는 곳
수십 년 잘살다 보니 물들었나 봅니다

능수버들

또 그의 빈말처럼 한나절 쏟아진다
한사코 막아내는 가로막이 생겼는지
이제는 젖지 않으니 빗속에 설 수 있다

마구잡이로 찾아와 자꾸 쏘아붙여도
깃털처럼 툭툭 털어버리면 그만인 것
제자리 잘 서 있으면 능수가 되는 것이다

들이치고 파고들면 긴 팔로 쳐내야지
비와 바람의 공작 거세진들 부러질까
구태여 그치고 말 것에 맘 쓸릴 까닭 없다

사문진나루

저녁 무렵 비 내리자 들썩대는 주막촌
느닷없이 들이치는 늦가을 짧은 뒤끝을
연거푸 들먹거리며 둘이서 잔을 든다

죽죽 지른 파전이 술보다 먼저 동나고
모로 누운 두부무침에 질척이는 시간
이따금 빗소리 틈으로 객쩍은 농 섞는다

어둠이 강물을 시나브로 덮는 동안
그윽이 순한 눈빛 막걸리로 주고받으며
멀어진 서로를 잊은 듯 지난 일도 따뜻하다

우포에 들다

감춰도 소용없고 감싸도 헛일이다
늪골로 에워싸여 허술히 잠겨 있던
내 안에 고인 것들을 연신 받아준다

아득한 근원에서 비롯된 생명의 힘
물안개 걷히거나 소나기 지나간 뒤
어스름 새벽이라도 와 보면 알게 된다

늪은 늪에 빠져 주저앉아 있지 않다
제 몸 찢고 피어나는 가시연꽃 저기 봐
햇살을 바투 당기며 바람에 숨을 트는

저물녘 항구

내 꿈을 일축하는 파도는 왜자하다

목적지 없는 항구에 나는 또 나와 서서

닿을 곳 찾아가는 너를 아주 오래 바라본다

뭍 위의 섬이 되어 등대처럼 촛대바위처럼

물 위의 너를 위해 끝까지 빛이 될 거라고

바람에 휘청거려도 이내 제자리 몸을 세운다

연화리 물색物色

먼 데서 찾아온 반가운 이 집에 드니
바다만 차려 놓은 곁두리 망망하여
언덕길 서둘러 올라
갯마을로 향합니다

노을에 젖어가는 발걸음 드문드문
목록을 훑어주는 바람의 맑은 총기
예까지 애써 온 까닭
헤아리며 걷습니다

몇 번 둘러봐도 입가심할 게 없는
빈털터리 가게에서 낭패 본 듯 닫는 문
양손에 나눠 든 술병만
어그러져 씰룩입니다

주인을 기다리며 섬 하나 품고 있다
이 섬 저 섬 구실로 말수 많은 여자
외딴집 이슥하도록
목소리 또렷합니다

섬과 섬

너와 나 마주보는 그리움의 연대였다

해와 달 나눠 갖고 별빛 서로 견주며

파도가 거세질수록 맞은편 더 살폈다

4월 4일 4시 44분 44초

어디선가 울면서
몇 명이 태어난다

누군가를 울리면서
몇 명은 또 죽는다

그 틈에
피고 지더라도
꽃들은 화사하다

사백 살 은행나무
물끄러미 보는 찰나

시시각각 순식간
촉박한 시각이다

놓치면
아니 되는데
놓치는 사람의 시간

뒷골목

이윽고 먼 산 능선 그지없이 스미어
서서히 소멸하는 붉은 길 바라본다
아무도 막을 수 없는 주술이듯 물끄러미

태양의 겉치레보다 뒤풀이가 더 긴 밤
얕은수로 넘긴 하루 마뜩잖은 사람들은
제 둘레 환히 빛나는 술잔을 쥐고 있다

어둠은 흙에 갇혀 뿌리를 기르도록
밝음은 거리를 비춰 삶이 들뜨도록
숱한 밤 후미진 곳에서 새날을 건배한다

달, 마실

보름 달빛 즐기며 박국을 먹는 저녁
마당에 모인 이들 연신 개운하다는데
한 모금 삼키는 첫맛 넘기기가 힘드네

미간을 가려주는 모깃불 짙은 연기
단단한 조롱박처럼 굳어진 편식성이
덩굴져 아무 데로나 벋지 못할 줄기네

낯설게 얼버무렸던 한 끼 통과 의례
옥수수 익어갈 즈음 한풀 누그러져
알맹이 구수한 얘기 까막까막 졸며 듣네

흐린 날에 기대어

부드럽게 감싸는 법 안개가 보여준다
무딘 것도 벼린 것도 그 안에 품어주니
멀리서 가까이에서 보는 눈빛 따뜻하다

깨끗이 지우는 법 비로부터 깨우친다
켜켜이 쌓인 앙금 찌든 마음의 때
한나절 흘러들어와 남김없이 훑어간다

기어이 떠나는 법 바람이 일러준다
한시도 머물지 않는 찰나의 그 여운을
가끔씩 잡고 싶어서 꽁무니 따라다닌다

돌연,

곰곰이 살펴보았지만 알 수 없는 고인
마구잡이로 보낸 부고 단잠을 깨운다
무심코 돌멩이에 맞아 옹그린 두어 시간

아팠을까 사고였나 잘 살다 가신 걸까
알 듯 말 듯 우련하게 명복을 비는 한밤중
깨어나 숨 쉴 수 있는 오늘이 참 고맙다

긴 팔 내려 산 자들을 일으키는 햇살
기다란 그 촉으로 내일을 써 가야지
때때로 두려울지라도 살 만한 날이 되도록

밥

시간에 쫓겨 바삐 먹어

입맛 없어서 겨우 먹어

너무 지쳐서 대충 먹어

살찔까 봐 가려서 먹어

밥벌이 기껏 해놓고도

덥석 먹기는 곤란한 밥

구멍이 많은 구두

세상 떠난 주인이 손수 지은 가죽 신
진열장 맨 끝에서 반값으로 짚어주는
철 지난 구두 한 켤레 풀죽은 채 남았다

액자 속 정물같이 살아온 사십여 년
눈에 띄면 아니 될 멋쩍은 숨구멍처럼
발등 위 구멍 밖으로 살길 내고 싶었겠다

케케묵은 발 대신 발품 팔기 잘한 날
두 손 모아 쓰다듬고 바라보는 신발코
밑창 위 당당한 콧대 다 닳도록 우뚝하다

그들만의 리그

바깥일 삼십여 년 이력이 붙은 아지매
집안일 삼십 년에 근력이 붙은 아지매

누가 더 잘 살았는지
입심 겨루는 늘그막

그러거나 말거나 장을 보는 아재들
믿음뿐인 오! 주여, 주식을 거두느라

거북목 넣었다 뺐다
뚝심 두둑한 밀거래

5부
경계를 허물며 정박하는 저물녘

골짜기를 지나온 밤

별안간 쏟아지는 후드득 빗소리에
둥지를 잃어버린 새처럼 허둥지둥
산골짝 온데간데없이
지워진 길 찾습니다

진화를 거스른 칠흑 같은 원시의 밤
굶주린 짐승들은 뱃가죽 두둑이
두려운 기운을 채워
연신 울부짖습니다

숲은 나무를 길러 위기를 재우는 곳
지그시 눈빛 내려 약자로 전락했던
한없이 보잘것없는
간밤을 은닉합니다

웃는 듯 우는 듯이

웃는 듯 우는 듯이, 우는 듯 웃는 듯이

걸어가는 등 뒤에서 쏟아지는 박수갈채

저저이 심금을 울리며 오래도록 스며듭니다

오늘처럼 설레고 내일은 더 행복할 거라고

들뜬 맘으로 먼길 마중 나와 선 멋진 신랑

담쑥이 꽃다발을 든 신부 이제부터 동행입니다

눈부신 드레스 자락 드리운 아름다운 여기

불그레 물이 들어 무르익는 이 가을날

온누리 에워싼 사랑을 넘치도록 드립니다

개와 늑대의 시간

낱알 볕 쪼아 먹던 새떼가 날아간 뒤
가뭇없이 지우고 선 가장자리 물억새
속엣말 무어라고 한참 습지에 끄적인다

묻거나 썩히거나 그렇게 버텨 왔던
슬픔을 드러내기에 익숙한 저물 무렵
궤도 밖 별의별 일쯤 별일이야 있을까

강둑길 끝에서 소실점이 된 사람
돌아올 이맘때 발기척 궁금하다
저 멀리 개 짖는 소리 뭇별에 와닿는다

그리팅맨*

굽힌 듯 보이지만 비굴할 바 전혀 없다

고개를 숙인 대신 살짝 쥔 온유한 주먹

섬기며 만물을 대하되 정강이 꼿꼿하다

인사를 튼다는 건 속내 보일 조짐이다

말 없는 눈빛으로 어서 오라 이끄는 힘

거만히 다가왔다가 사로잡혀 다소곳하다

* 조각가 유영호의 작품

현이와 풍이의 청춘신난장*

쇠락한 현풍 장터에 마파람 불어왔다
고삐 쥔 젊은이들 등을 바싹 오그리고
색색의 갈기로 늘어서 한바탕 지난 한철

함께할 당신이 떠난 후 오래지 않아
여백만 찍어대던 이웃집 사진사는
다 늦은 저녁 사이로 간판의 등을 켰다

사람 없는 장날이 많을수록 환하게
라탄의 바구니에 일렁이는 푸른 달
청년몰 좁다란 길목 유난스레 조명했다

*전통시장에 활기를 접목한 현풍지역 청년들의 가게

물끄러미

핏기를 잃을수록 푸르게 파고들어
가는 숨결 고르는 차가운 열 손가락
실낱을 부여잡은 듯 길 없는 시간이다

부은 손등 등성이 따뜻이 쓰다듬어
올려놓은 언니 손 막냇동생 두 손이
몹시도 간절했는지 가까스로 눈 뜬다

오므린 가슴 깊이 그렁대는 가래 소리
손 놓으면 영 놓칠 말초적 두려움이
어머니 앙다문 입술에 눈빛에 서리었다

섬의 섬

들랑대는 된바람 한바탕 몸을 풀려나
바닷길 지워지고 하늘길 닫혀 가는데
남으로 문을 연 포구 거먹구름 가득하네

그 섬에 닿고 싶어 범섬 배지느러미에
그 섬을 품고 싶어 섶섬 가슴지느러미를
사나흘 격랑 속에서 섬을 붙드네, 서귀포

감자·감자·감자

돌아갈 길이 없는 난감한 그곳에서
무작정 따라나선 친구네 친척집이
낯선데 남달랐던 건 지나친 환대였네

삼대가 둘러앉은 가난한 밥상머리
희멀건 감잣국에 감자투성이 반찬을
한철 내 먹는다면서 불평은커녕 웃었네

나누는 말끝마다 그래그래 구음을
장단으로 맞추어 맞장구치는 소리
보랏빛 감자꽃 필 때면 때때로 떠오르네

맹꽁이

동안거보다 더 깊은 동면의 깨달음이다

미련을 버려야만 살아남을 수 있을 터

울어라 눈이 붓도록 긴긴 우기 짧은 밤

검정은 가혹하다

박쥐처럼 눈뜨는 어둠의 습성인가
뒤꿈치 좇는 그림자 연신 거느리고
긴 늪에 밤새 머무는 질펀한 눈물이네

우악스레 꺾은 빛 암흑 속에 치대어
위력을 저지르는 축으로 삼을지라도
허리를 숙이지 마라, 지배의 변종이니

고혹적으로 사로잡는 치명적 위선이
뜻밖에 감추어진 사람들의 이면이
처연히 급소를 향할 때 눈감는 침묵이네

산양

순한 짐승 한 마리 숨 가삐 지나간 길
가파른 절벽을 발굽에 딛는 비탈진 삶
먼 길을 다시 돌아와 고요에 깃들었네

어둠에서 일어나 어둠으로 숨어들어
피나무며 신갈나무 들르기는 했는지
두 귀로 맑히던 바람 고분고분 대주네

때때로 들이닥치는 숲 안팎 날쌘 무리
지레 떨며 도망치다 돌부리에 멍든 나날
홀연히 되새김질한 기억일랑 죄 잊었네

거품을 머금고 서서

지친 마음 문질러 물꼬 트는 저녁이면

등 뒤에 피어나는 이름 모를 암술의 향

너는 늘 준령을 넘어 밀사처럼 파고드네

엎지르고 저지른 얼룩 낱낱이 지웠는지

지은 죄 모두 씻고, 하여 깨끗해졌는지

맨손에 무지러지며 속속들이 휘감치네

무인도

속내 접는 파도에 드리우는 어스름
6시, 한 점 뭍으로 반도의 끝에 선다
마침내 경계를 허물며 정박하는 저물녘

수없이 되뇌다가 입술에서 닫힌 섬을
그 밖에 그럴 수밖에 그렇게 동여맨다
서로가 미루어 아는 오래도록 기댄 날

뜬금없이 올 때면 위태로운 날 붙들어
눈시울 젖는 노을에 허리를 주저앉힌다
머무는 마음만으로도 곁이 되는 나의 섬

버려지는 동안

풀숲을 거니는데 슬멋 기어들어 와
한눈팔기 기다려 옷 솔기 매복한 채
골똘히 노려본 종아리 널따란 한복판

물리고 말았으니 손쓰기도 늦은 일
내가 아니었다면 누굴 또 해쳤겠지
고까짓 진드기 하나에 소름 돋는 잠시간

해만 끼치는 것 없앨까 망설이다가
움츠린 작은 생명 처지가 딱해 보여
툭 던져 어질증 나게 혼쭐내고 마는 벌

훔치지 말아 줘

난 네가 만만해서 대책도 없이 살아
만반의 채비가 된 넌 내게 기대주야
서로가 사뭇 다른데 무던히도 잘살지

하나가 변할 거란 기대로 사는 동안
하나는 변치 않을 착각으로 살아가니
공감은 희박하지만 참 놀라워 그 믿음

경우를 다 알면서 고치지 못하는 건
서투른 미련일까 미련한 서투름일까
너에게 더께로 쌓인 나, 닦일까 봐 두려워

지독한 생명 사랑과 삶을 향한 담대한 행보

정미숙(문학평론가, 한국해양대 교수)

지독한 생명 사랑과 삶을 향한 담대한 행보

정미숙(문학평론가, 한국해양대 교수)

이숙경 시인의 새로운 시조집 『가장자리 물억새』의 방향은 선명하다. '나'를 넘어 '우리'에 이르는 화자의 여정을 치열하게 그리고 있다. 자기 안에 갇혀 있던 '여자'가 자신을 찾기 위해 세상에 나서는 과정과 경험을 기록한다. 길을 나선 그녀는 여러 공간을 두루 다니며 타자의 삶을 알고 자신의 정체를 깨닫는 의미 깊은 경험을 한다. 그 과정은 힘들고 막막하나 극점을 향한 후 돌아올 여정을 멈출 수 없다. 시인은 여자를 통하여 단절된 삶과 시공간의 한계를 넘어서는 방법을 그려내고자 한다. 가능한 한 힘껏 그리고 멀리. 자기성찰과 생명 사랑, 수행을 다짐하는 그녀의 내밀한 여정에 동행하며 우리가 지켜야 할 심오한 생의 통찰에 이를 수 있을 것이다.

1. '여자', 미궁에 빠진 몸

풀썩이는 거위를 발치에 묶어둔 채
연못에 빠진 여자가 굽어보는 흐린 하늘
한 열흘 고온다습했던 그 남자는 떠났네

구름이 늘어놓는 변화무쌍한 변명을
모르는 듯 삼키고 몇 번 뱉는 물맴이
잔물결 일렁거리는 속임수가 능청스럽네

물색 따위 모르고 살아온 지난날들
마파람 귀엣말에 불그레한 여자의 뺨
여태껏 날갯죽지뿐인 둘이서 푸드덕대네

─「거위와 여자」 전문

「거위와 여자」는 『가장자리 물억새』의 시작을 알리는 주목할 만한 시조이다. 시조집 전반에서 '여자'를 호명하는 시조는 「거위와 여자」 한 편뿐이다. 시인이 전반에 내세운 문제적 '여자'는 무엇인가. '여자'는 '풀썩이는 거위'를 발치에 묶어두고 연못에 빠져 있다. '연못에 빠진 여자'는 고온다습했던 남자를 잊지 못한 것일까. 그를 잊으려 연못에 빠진 것일까. '여자'와 발치에 묶인 '거위'는 한몸인 듯 불편해 보인다. 가금화家禽化된 '풀썩이는 거위'는 날개의 용도를 잊어버렸는지도 모를 일이다.

연못에 빠진 여자의 실상은 '물맴이'의 태도를 통해 짐작할 수 있다. '물맴이'는 그녀의 상황을 잘 알기에 그녀를 외면하듯 딴청을 부린다. 물맴이는 여자가 굽어보는 '흐린 하늘'에서 '구름이 늘어놓는 변화무쌍한 변명'을 정확하게 간파하고 있다. 하늘에 쏠린 여자의 시선을 돌려보려는 배려일까. 잔물결 일렁거리는, 삼키고 뱉는 물맴이의 몸짓을 화자는 능청스러운 속임수라 말한다.

셋째 수에서 여자의 외/내면이 설명된다. '여자'는 자신이 처한 곤경에 속수무책인 현실이 고통스럽다. '물색 따위 모르고 살아온' 여자는 '고온다습했던' 남자와의 연애 sexuality가 한갓 스캔들에 불과했음을 서서히 깨닫고, 자책하고 있는 듯하다. 자신을 외면하는 물맴이의 몸짓을 여자가 모를 리 있을까. 많은 경우 '수치shame'는 자신을 대하는 상대의 태도를 통해 깨닫게 되는 자각이다. '불그레한 여자의 빰'에서 그녀의 수치심과 조용한 분노를 엿볼 수 있다. 여자가 물에 빠진 까닭은 부끄러운 몸을 감추기 위함은 아닐까.

여자를 읽는 화자의 시선은 우호적이지 않다. "여태껏 날갯죽지뿐인 둘이서 푸드덕대네"에서 종장 모두의 벼린 부분인 '여태껏'에 담긴 화자의 질책이 매섭다. '여자'와 '거위'는 날 수 있으나 주저앉아 있다는 점에서 전혀 다를 게 없어 '날갯죽지뿐인 둘이서'로 묶인다. 야성성을 상실하고 있는 거위와 자신을 잃은 여자의 처지는 다를 바 없다. 변화와 결단이 필요하다.

> 탯줄로 교신하던 그때부터 아주 오래
> 끈끈했던 우리 사이 놓친 그날 이후
> 어머니 두려운 숨이 귓가에 또렷하다
>
> ─「숨」 부분

「숨」은 사랑하는 어머니의 임종 순간을 그리는 애틋한 딸의 시선을 담고 있다. 딸은 어머니와 자신의 근원을 '탯줄'에서 찾고 있다. 어머니를 중심에 두고 가족을 상상하는 방식을 자궁가족uterine family이라고 한다. 여성의 몸은 몸 밖의 몸인 자궁을 따로 마련하는 신비롭고 버거운 이중의 몸을 살아내는 존재이다. 딸이자 어머니일 딸에게 '자궁-탯줄'로 이어지는 어머니와의 관계적 의미는 더욱 각별할 수밖에 없다.

그러니 이러한 시간은 한정되어야 한다. '자궁'과 '탯줄'

은 생성되는 시간부터 비워내고, 잘라내는 순간을 위해 준비되는 기관이다. 그래야 엄마도, 아이도, 살 수가 있다. 비워진 자궁과 분리된 탯줄은 온전한 생명 탄생, 주체 독립의 선언이다. 이제 어머니를 놓아야 한다. 「숨」의 탯줄을 놓지 못하는 자는 누구인가.

입 밖에 내지 못해 맴돌다 갇힌 말들

협곡을 부딪쳐 나온 이따금 멍든 소리

켕길 것 전혀 없지만 원인불명 되짚었다

단숨에 목구멍 깊이 피어나는 명자꽃

울타리를 도로 쳤다 마음의 둘레만큼

후끈한 열꽃이 오래 꽃가지를 물들였다

무엇을 대신하여 묵계를 받았는지

들쑤시고 캐물으면 미궁에 빠지는 답

실마리 더듬는 사나흘 목젖 바싹 조였다

「역류성 후두염의 봄」은 예사롭지 않다. 시인은 '역류성 후두염'을 앓고 있는, 지친 여자의 '아픈 몸'을 특정한다. 병명은 분명하나 원인은 불명이다. 역류성 후두염으로 인해 아린 고통과 열기를 목구멍 안에 피어난 후끈한 열꽃인 '명자꽃'에 빗댄 시인의 예리한 감각이 신선하다. 시인은 왜 역류성 후두염을 찾아낸 것일까. 알듯이 역류성 후두염은 삼킬 수 없는 위산이 거꾸로 넘어온 것이다. 대개 과로와 스트레스가 원인이다. 역류성 후두염에 걸렸기에 말들이 갇히고 멍든 것이 아니라, 말이 갇히고 멍들었기에 후두가 열꽃으로 달아올랐다는 반증도 가능하다. 묵계를 받은 듯, 묵언수행의 몸은 저항이 아닐까. 고통받는 '몸'의 체현은 그 자체로 정치적이다. 이제 여자는 갇힌 말들과 멍든 소리를 내뱉으며 달라질 수 있는, 달려나갈 준비를 마쳐야 할 것으로 보인다.

2. 길에서, 몸을 찾다

『가장자리 물억새』의 시적 화자는 대부분 길 위에 나와 있거나, 길을 나설 채비에 분주하다. 물색 모르고 살아온 '여자'가 자신만의 장소를 벗어나 길을 나선 까닭이다. 시인이 눈길을 주는 공간은 실로 다양하다. 치열한 생활 공간을 배경으로 한 경우도 많으나 일상의 질서를 벗어나 자유롭고 열린 공간을 지향한다. 펼쳐지는 시적 공간은 그녀 몸의 연장이자 확장이다.

1) 꽃과 식물의 시간, 생의 근력根力을 읽다

'여자'가 길에서 읽게 된 것은 꽃과 식물의 시간이다. 「고들빼기, 꽃」의 화자는 '후미진 길모퉁이'에서 '절절한 문장'을 발견한다. '고들빼기, 꽃'의 전언은 "풀로 뽑힐 위기를 꽃 피워 모면한 힘"이다. 작고 연약해 보이는 몸 어디에 끝내 꽃을 피워 스스로를 구할 힘을 숨기고 있었던 것일까. '고들빼기, 꽃'에서 읽은 '의연함'은 쌉싸름한 듯 힘든 삶에 물큰한 감동을 준다. 생명을 구한 힘의 비전秘傳은 「모과, 꽃 말처럼」에서 자세하다. 모과의 꽃말은 '평범'인데, 모과의 시간이 깊어질수록 모과꽃은 한없이 비범해진다.

매무새 붉게 여민 꽃 중의 꽃이고자

늦되게 터진 말문 드문드문 피어나

줄기에 골이 패도록 강단을 품고 사네

풍파를 견뎌야만 향기를 쟁이는 법

꼭 쥔 손에 만져지는 울퉁불퉁 지나온 길

못생겨 탐할 리 없다는 말쯤이야 대수랴

단단하고 무딘 껍질 순도를 드높여서

여유만만하게 벋으며 우려내는 참된 시간

끈끈히 스며 나온 내음 다디단 유혹이네

-「모과, 꽃말처럼」 전문

'모과'와 '모과꽃'은 어머니와 딸처럼 연결된 것이나, 믿기 어렵다. '모과'라는 원천을 부정한 듯 모과꽃은 환하게 어여쁘다. 「모과, 꽃말처럼」은 그 비밀을 풀어내고 있다. 시인은 '모과'와 '모과꽃'의 연결을 인정하고 은연중 강조한다. 일테면 "매무새 붉게 여민 꽃 중의 꽃이고자/늦되게 터진 말문 드문드문 피어나/줄기에 골이 패도록 강단을 품고 사네"에서 알게 되는 모과꽃의 탄생 배경은 자부와 끈기이다. 모과꽃은 어미의 거친 피부와 체형을 넘어선 자신을 열망하고, 확신한다. '매무새 붉게 여민 꽃 중의 꽃이고자' 하는 계획은 참으로 장대하다. 숨죽이며 개화의 긴 시간을 느긋하게 준비할 수 있었던 이유이기도 하다. 이런

강단은 줄기에 골로 새긴 흔적에서 확인된다.

"풍파를 견뎌야만 향기를 쟁이는 법/꼭 쥔 손에 만져지
는 울퉁불퉁 지나온 길"은 자신을 찾아가는 여정의 탐색이
다. 마지막 수인 "단단하고 무딘 껍질 순도를 드높여서/여
유만만하게 벋으며 우려내는 참된 시간/끈끈히 스며 나온
내음 다디단 유혹이네"에 이르면 모과와 모과꽃을 구분할
이유를 찾지 못한다. 모과꽃의 완벽한 아름다움은 그 내면
의 젖줄과 같은 어미 모과의 끝없는 지원사격의 결과인 셈
이다. 모과꽃의 아름다움은 모과의 짙은 향기를 그대로 담
았다. 모과와 모과꽃은 한몸이다. 모과꽃의 당찬 포부는
모과의 배포를 이은 것이다.

풍파를 견디며 얻은 울퉁불퉁한 피부는 속 깊은 탄력의
조임으로 너끈하게 향기를 지켜낸다. 약점을 강점으로 삼
은 모녀의 벼린 전략을 어찌 당할 것인가. "끈끈히 스며 나
온 내음 다디단 유혹"의 모과, 모과꽃은 '매무새 붉게 여민
꽃 중의 꽃'일 수밖에 없지 않은가.

    또 그의 빈말처럼 한나절 쏟아진다

    한사코 막아내는 가로막이 생겼는지

    이제는 젖지 않으니 빗속에 설 수 있다

                    - 「능수버들」 부분

「능수버들」의 '능수'는 능숙능란한 생의 달인이다. 빗속에 서 있어도 젖지 않는다. 젖지 않으니 두렵지도 않다. '또 그의 빈말처럼'에서 짐작할 수 있듯이 번복을 반복하는 그의 행동을 신뢰하지 않았기에 일찍 대비를 마쳤다. 유사시 '가로막' 내공의 신공을 발휘할 수 있다. 툭툭 털면 그만이다. '능수버들'은 의연하고 담대하다. 화자는 '고들 빼기, 꽃', '모과', '능수버들'에서 옹골차게 한 장소에서 버티며 자신을 키워내는 꽃과 식물의 시간을 보았다. 생의 근력根力을 다지고자 한다.

2) '사리 즈음', 사이에 닿다

'꽃과 식물의 시간'에서 생의 근력을 배웠으나 바로 취할 수 있는 것은 아니다. 생활을 위해 거처를 옮겨 다녀야 했던 젊은 날의 시인을 닮은 그녀가 낯설고 어색한 환경에서 마음을 지키며 안정적 관계를 맺기란 여간 힘겨운 일이 아니다.

> 떠돌던 젊은 시절 어물쩍 머물렀습니다.
> 언제라도 떠날 듯 역 언저리 집을 얻고서
> 기적이 울릴 적마다 가방 거듭 쌌습니다

– 「밀양」 부분

「밀양」에서 낯선 공간space의 주소는 '언저리 집'으로 드러난다. 쉽게 떠나기 위해 어물쩍 머물러야 하는 '언저리 집'은 내면의 분열과 갈등을 고스란히 품고 있다. 떠나고 싶은 공간이 낯설수록 그녀가 지향하는 친근한 장소가 절실해진다. 안정과 편안함을 주는 장소place를 향한 시인의 열망은 「화본역」에서 알 수 있다. "여기서 이제 다시 어디로 갈 것인지/개표구 나와 서면 잊고 싶은 목적지/느슨히 돌려세우는 복선이 설핏 환하다"에서 강제에 가까운 공간 이동을 지속해야 하는 화자의 마음은 황량하다. '잊고 싶은 목적지'는 정해진 경로를 달려야 하는 무기력한 생활인의 피로와 우수를 담았다. 그러나 이를 거부할 수도, 궤도에서 이탈할 수도 없다. 존재의 위축과 두려움을 갖게 하는 이동의 여정은 막막하다. '느슨히 돌려세우는 복선이 설핏 환하다'의 눈길은 와중에 변수에 따른 희망을 읽게 한다. 앞으로 펼쳐질 교차 접점 지대의 상상을 가능하게 한다. 시인은 이상적 삶의 양태를 향한 탐색의 열망을 멈추지 않는다.

거품 물고 달려와 자지러지는 파도
며칠 통 못 봤다고 보채다 스러지네
그 물결 간신히 당겨 쓰다듬는 다저녁

마루까지 날아와 걸터앉은 갈매기에게

살포시 경계를 풀며 다가서는 길고양이
망보며 찾아온 작은 집 허물없는 둘 사이

올 사람 기다리듯 밤새도록 비추는 달
더불어 빛을 채우는 바다 위 푸른 별들
잠 못 든 내 눈빛도 내내 어둠 속에 켜두네

　　　　　　　　– 「사리 즈음」 전문

　시인의 내밀한 염원이 닿았을까. 「사리 즈음」에서 서로
의 사이에 닿을 수 있는 시공간적 장관이 펼쳐진다. 알듯
이 사리大潮差는 조차가 가장 클 때를 말한다. 보통 보름달
과 그믐달 후 2~3일간 지속되는 것인데 달의 상대적인 위
치에 따라 해수면 높이가 달라진다. 썰물 때의 해수면 높
이가 가장 낮아지는 사리 즈음에 바다 갈라짐 현상이 일어
날 수 있다. 「사리 즈음」은 '사리 즈음'에 일어난 놀라운 공
간적 변화가 몰고 온 이후를 포착한다. 생동하는 자연의
리듬과 생명의 조화가 눈부시다. 「사리 즈음」은 내몰리며
억눌렸던 다정함의 분출이 파도처럼 찰랑이며 모래에 스
며드는 그윽한 손길을 느끼게 하는 작품이다. 위축되어 소
외되었던 몸과 마음이 풀리고, 열리며, 서로에 닿는 소리
가 들린다.
　첫째 수는 조수간만의 차이로 벌어진 시공간의 그윽한

거리를 알게 한다. "거품 물고 달려와 자지러지는 파도"에서 주체와 대상, 사람과 사물의 거리는 사라지고, '자지러지는', '스러지네'의 운율은 덤으로 어울린다. '그 물결 간신히 당겨 쓰다듬은 다저녁'은 은근하여 가슴을 데운다. 시간의 운행이 벌려놓은 공간적 상황은 고백과 진정을 토로하고 발견하는 시적 공간을 마련한다.

둘째 수에서 발견된 갈매기와 길고양이가 '마루', '작은 집'이라 부르며 모여드는 곳은 누구의 것이라고도 할 수 없는 우리의 장소인 역공간閾空間이다. 사리 즈음에 바다가 마련해준 공간은 장소에 대한 사적 공간과 공적 공간의 경계가 허물어진 상태라고 할 수 있다. 전이 공간이라고도 부를 수 있는, 누구나 드를 수 있는 문간방liminal space이다. 「사리 즈음」의 그림 같은 풍경은 무심하고 삭막하게 지나쳤던 대비적인 역공간인 '버스 승강장'을 떠올리게 한다. 시인은 버스 '승강장'을 떠나지 못하는 굶주리는 '새 한 마리'를 안타까이 바라보며 "큰 나무 둥지 삼아서 살고 싶은 모양새네"(「108번이 오는 동안」)라고 한다. 저마다 자신들의 생존공간으로 달려가기에 바빠 스쳐 지나기에, 공간 귀퉁이에 굶주리고 있는 새에 눈길 한 번 줄 여유가 없다. 온기를 나누며 허기의 안부를 묻는 사이 공간은 요원한 것이다. 새와 길고양이의 어울림을 포착한 「사리 즈음」의 해변은 이러한 열망을 실현한 곳이다.

정을 나누고 확인한 까닭일까. 셋째 수에 펼쳐진 빛들은 모처럼 촉촉하고, 환하다. "올 사람 기다리듯 밤새도록 비추는 달/더불어 빛을 채우는 바다 위 푸른 별들/잠 못 든 내 눈빛도 내내 어둠 속에 켜두네"에서 해변가를 휘감는 모든 빛들은 타자를 향한 배려와 안부로 쉬 잠들지 못하며 날을 밝힌다. 보이지 않은 것일 뿐 '달'은 언제고 그 자리에서 우리를 바라보고 있다는 깨달음은 벅찬 감동이다. 바다 위를 비추는 월광의 은은함에 힘을 보태는 푸른 별빛은 청아하다. 「사리 즈음」은 탁월한 아름다움을 보여준다. 어렵사리 빚어진 조화로운 이 공간은 쉽게 잠들지 못한다.

3) '시장', 허기—충만의 생성공간

시인이 가장 행복해하고 활기를 되찾는 공간이 '시장'이다. 시장에 이르러 일상은 긍정된다. 배려와 나눔은 지향된다. 정을 나누고 행복을 누리는 것이 가능할 수 있다는 믿음이 기적처럼 펼쳐진다. 삶의 터전인 시장에서 무엇을 나누고 지켜져야 하는지가 분명해진다. 주변에 대한 인정과 주변 너머의 탐색도 깊어진다. 사랑과 연민이 깊어진다.

쇠심줄 끓였다 해도 마다하지 않을 듯
밥 한 덩이 말아서 후루룩 뜨고 나면
북새통 시장에서도 갈 길이 환해지네

허기져서 힘든 날 국밥집 덤덤히 앉아

기울이는 막잔에 한 모금 남은 시월
속 창자 다 끄집어낸 그림자처럼 가뿐하네

도리질 몇 번 하다 토막 난 생선 두 마리
비린내 품어 안고 들어서는 골목 저 끝
살갑게 끌안고 사는 피붙이의 집이네

–「콧노래 흥얼거리는 저녁」 전문

「콧노래 흥얼거리는 저녁」은 단연 흥겨운 시조이다. 국밥집에서 국밥과 더불어 막잔에 술을 나눈 화자는 흥에 겨워 있다. '밥 한 덩이 말아서 후루룩' 뜨는 국밥은 북새통 시장에서도 갈 길을 환하게 하는 원천이다. '허기져서 힘든 날' 국밥과 더불어 술 한 모금을 기울이면 "속 창자 다 끄집어낸 그림자처럼 가뿐하네"라는 고백은 '허기'의 실체를 역설한다. '허기'는 육체적 배고픔에만 한정된 것이 아닌 정신적 결핍이나 상처에 더 많이 관련되어 있다. 가뿐해진 몸과 마음으로 '살갑게 끌안고 사는 피붙이의 집'으로 돌아가는 길엔 가족의 허기를 다독일 비린내 풍기는 생선이 들려 있다.

말린 장어 떨이가
몹시도 고마운지

여투어 둔 콩꼬투리
덤을 주는 항구 아낙

밥물에 붉게 우러나
무늬지는 무서운 정

- 「호랑이콩」 전문

시장통에서 만난 「호랑이콩」은 현장의 순간적 포착에 적절한 단시조의 매력을 찰진 밥맛처럼 차려낸다. '말린 장어 떨이'와 '여투어 둔 콩꼬투리'의 교환은 자매처럼 비등하고 '몹시도 고마운지'에 '덤을 주는 항구 아낙'의 재바른 호응은 넘친다. 이렇게 꼭 맞는 정情의 도타운 호흡은 "밥물에 붉게 우러나/무늬지는 무서운 정"으로 남는다. 밥 위에 붉게 우러나는 무늬는 호피虎皮처럼 근사하여 쉽게 건드릴 수 없다. 무서운 정은 삶의 외로움과 우울감을 내쫓을 절대 강자이다. 세상에서 가장 무서운 것은 배고픔이고 이를 이겨낼 수 있는 힘은 정이다. '호랑이 콩'을 먹어 영원히 '허기'를 면할 수 있을 듯한 화자의 눈길은, 시장 밖의 허기에는 자유롭지 못하다.

어쩌다 먹는 끼니 최후의 만찬만 같아
허기를 급히 채우다 목메어 우는 아이

불현듯 검은 눈동자 내게로 깊어진다

－「눈물 호수의 아이」부분

잃어버린 안녕 대신 겹겹이 싸인 불안
살아서 살아남아서 내일을 보고 싶어
느껍게 밀려오는 기도 명치께 묻어두네

－「오백일의 우크라이나」부분

위의 두 편의 시조「눈물 호수의 아이」와「오백일의 우크라이나」는 가난과 전쟁에 내몰려 지독한 허기를 겪는 아이들을 주목한다. 아프리카 말라위에 사는 소년은 흙 묻은 작물 이삭을 씹으며 허기를 달랜다. 한 끼의 식사도 제대로 못하며 그마저 '최후의 만찬'이 될까 공포를 느낀다. 소년들은 부모와 정부로부터 어떤 보호도 받지 못하고 있다. 오직 생존만을 생각하며 지내야 하는 궁지에 몰린 아이들을 향해, 시인은 마음을 다하여 진정한 기도를 다할 뿐이다.

시인의 시조에는 '밥'에 대한 이야기가 많다.「물밥 한상」「밥벌이」등 '밥'은 삶의 막막함과 외로움을 표상하는 상관물이다. '허기'가 육체적 정신적 이중적 소외에서 비롯함을 잘 알고 있는 까닭이다. 그러하기에 시인의 분노는 무엇보다 뜨겁다. 이는 시조집 속의 '여자'가 이곳과 저곳을 두루 다니며 배제와 환대의 경험을 통해 알게 된 인식의 힘에 기반하고 있다. 이제 여자는 달라졌다. '나'의 수치와 고통은 벌써 관심 밖이다. 아이들이 문제이다. 그들의 여린 생명이 큰일이다.

아리스토텔레스는 공포와 연민의 관계를 통해 자기중심적인 열정의 상태를 벗어나 대사회적 존재로 존재 전환이 재규정된다고 한다. 굶주림에 내몰린 아이들을 보며 치솟는 분노는 세상에서 우리가 지켜야 할 사람과 타도해야 할 대상을 가른다. 이 무도한 폭력의 세상에서 우리가 진정 알뜰히 지켜내고 구해야 할 것은 생명이고 허기에 내몰린 아이들이다.

이제 시장을 벗어난 여자는 달리기 시작한다. '산'과 '오름'을 오르내리며 낡은 숨을 뱉어내고 새 숨을 들이키며 '나'를 다시 정비한다. 그녀가 달라지고 있다.

> 닫힌 맘 열어 놓고 찬바람 등에 지면
> 구불구불 다랑이논 타고 나는 새처럼
> 어느새 초롱한 눈에 하늘빛 가득차네
>
> - 「시월, 산비탈」 부분

「시월, 산비탈」에서 산비탈을 타며 묵은 울화를 쏟아

119

내었던 화자는 마침내 '새'처럼 나는 듯 홀가분해진다. 닫힌 맘을 열고 바람을 등에 진 까닭이다. 새가 되어 바라본 풍경은 어떤 것일까. 구불구불 다랑이논을 타서 약간 현기증 나는 시야에 딱 목도한 하늘빛은 바다가 아닐까. 「다랑쉬오름」에서 '분화구'에 분을 쏟고자 올랐으나 분화구에서 '유난히 깊어진 빈속'을 보고 깨달은 부끄러움은 나를 비우고 너에게 이르는 진정한 용기로 바꿀 수도 있을 듯하다.

3. 길을 돌아, 날아오르다

길을 돌아 나서며 여자는 생을 뜨겁게 긍정한다. '꽃과 식물의 시간'에서 그들의 자부와 포부를 읽고 생명 의지를 배웠다. '사리 즈음'에 우리가 서로에게 깃들 수 있는 스밈의 여지도 알았다. 그리고 '시장'에서 나눔과 정을 배우고, 받으며 여자는 진정 우리가 지켜야 하는 것이 무엇인지를 뜨겁게 확신했다. 이제 보이는 너머의 이면을 직시하고 감지하는 여자는 화합하며 하나 되는 조화로운 생명의 이상을 향한 가열찬 정진을 꿈꾼다.

별안간 쏟아지는 후드득 빗소리에
둥지를 잃어버린 새처럼 허둥지둥

산골짝 온데간데없이
지워진 길 찾습니다

진화를 거스른 칠흑 같은 원시의 밤
굶주린 짐승들은 뱃가죽 두둑이
두려운 기운을 채워
연신 울부짖습니다

숲은 나무를 길러 위기를 재우는 곳
지그시 눈빛 내려 약자로 전락했던
한없이 보잘것없는
간밤을 은닉합니다

－「골짜기를 지나온 밤」 전문

「골짜기를 지나온 밤」의 암울한 분위기는 그간 화자가
쌓아 올린 지리학적 경험의 흔적을 한 번에 지울 듯이 위
력적이다. 예측할 수 없는 세상살이는 언제고 위협적인 것
이나 시조를 찬찬히 읽어보면 상황이 크게 대수로운 것은
아니다. 첫째 수의 불안의 정서는 누구의 것인가. "별안간
쏟아지는 후드득 빗소리에/둥지를 잃어버린 새처럼 허둥
지둥"에서 당황한 자는 직유법에 걸려든 '새'가 아니다. 이
제 비가 쏟아지며 '후드득' 빗소리가 들리기 시작했을 뿐

이다. 작은 일에 쉽게 놀라고 아연실색하는 어른답지 않은 우리들의 행태를 조용히 꾸짖고 있는 것이 아닌가. 과도한 공포는 상황의 정확한 진단을 가로막는 장애이기 때문이다. "산골짝 온데간데없이/지워진 길 찾습니다"는 그 자체로 풍자이다. 산골짝이 사라질 일도 없고 '지워진 길'은 다시 걸으면 새로운 길이 되는 것이 아닌가. 둘째 수도 첫째 수와 흐름을 같이 한다. "굶주린 짐승들은 뱃가죽 두둑이/두려운 기운을 채워" 연신 울부짖는다는 대목은 경고에 가깝다. 시인이 언제고 가장 공감하고 연민을 드러내는 대목은 허기, 굶주림이다. 배고픈 설움을 당할 것이 무엇인가. 한 치 앞도 모르는 짐승이기에 그러한 것일까. 시인은 고비를 넘고 품고 가야 할 해결방안을 고민하고자 한다. 「골짜기를 지나온 밤」의 심오한 주제와 답은 셋째 수에서 찾아진다. 숲은 나무를 길러 위기를 재우는 곳/지그시 눈빛 내려 약자로 전락했던/한없이 보잘것없는/간밤을 은닉합니다"는 뭉클한 감동을 준다. 나무를 길러 위기를 재우는 숲의 멀리 내다보는 그윽한 심안을 배울 길밖에 없다.

감춰도 소용없고 감싸도 헛일이다
늑골로 에워싸여 허술히 잠겨 있던
내 안에 고인 것들을 연신 받아준다

아득한 근원에서 비롯된 생명의 힘

물안개 걷히거나 소나기 지나간 뒤
어스름 새벽이라도 와 보면 알게 된다

늪은 늪에 빠져 주저앉아 있지 않다
제 몸 찢고 피어나는 가시연꽃 저기 봐
햇살을 바투 당기며 바람에 숨을 트는

- 「우포에 들다」 전문

　「골짜기를 지나온 밤」에서 우리가 기댈 자연의 넓은 품
은 「우포에 들다」에서 본격적으로 펼쳐진다. '숲'과 '우포'
는 다른 방식으로 생명을 품고 지켜낸다. '숲'이 치마폭으
로 자식의 치부를 감싸주고 품어준다면 「우포에 들다」의
'우포'는 그냥 그대로 방치하듯 노출한다. '감춰도 소용없
고 감싸도 헛일이다'의 탄식은 자연自然 그대로의 질서를
역설한다. '우포'에 가 본 사람을 알 것이다. '아득한 근원
에서 비롯된 생명의 힘'의 아우라에 시간이 멈춘 듯한, 영
원에 머문 듯한 느낌을 받는다. 셋째 수에서 우리는 오랜
여정 끝에 도달한 선명한 주제를 확인하게 된다. "늪은 늪
에 빠져 주저앉아 있지 않다/제 몸 찢고 피어나는 가시연
꽃 저기 봐/햇살을 바투 당기며 바람에 숨을 트는"에서 늪
을 새롭게 알게 된 탄성에 깊이 공감할 수밖에 없다. 우리
가 알던 늪이 아니다. 빠져 있는 것이 아닌 퍼져 있는 늪의

공간은 늪에 살고, 늪을 보는 생명들의 사유체계와 성장방식에도 심대한 영향을 끼친다. '제 몸 찢고 피어나는 가시연꽃'은 이숙경의 내밀한 여성주의를 '가시연꽃'의 담대한 생명 의지로 표방한 것이다. '햇살을 바투 당기'고 '바람에 숨을 트는' 가시연꽃은 수줍고 연약한 꽃의 이미지와도 대비적이다. 햇살보다는 달빛을 선호하던 '맨 나중의 섬'인 여자의 주저로움도 가뿐히 넘어서고 있다.

한 마리 새가 되어 설원으로 날아가리

마음 닿는 거기서 극점이듯 만날 우리

마지막 찰나를 위해 광년을 벼려 왔다

함부로 소멸하지 않을 우주의 한 행성

삼엄한 궤도 따라 위도를 올라온 내가

태양을 벗어난 네가 춤을 춘다 춤춘다

막다른 고비까지 온몸으로 끌어당겨서

눈물로 부둥켜안은 궁극의 빛 그 파란

끝 모를 한뉘의 심연 그토록 맞이한다

- 「오로라」 전문

「오로라」는 현실 너머 이상적 현실을 염원하는 호방한 지향점 그 자체로 작동한다. 알듯이 오로라aurora는 태양의 대전 입자가 극지極地의 상공에 침입했을 때 보이는 천문 현상으로 아름다운 색채를 보이는 발광發光이 신비롭다. 시인은 이 매혹적인 아우라에서 '내'와 '네'의 구분 없이 '우리'로 어우러지는 점을 주목한다. 새처럼 가볍게 설원을 나는 '나'는 나를 닮은 듯 춤추는 '너'를 본다. 삼엄한 궤도 따라 위도를 올라온 '나'와 막다른 고비까지 온몸으로 끌어당겨 춤을 추는 '너'는 나뉜 듯한 몸이다. 오로라의 황홀한 섞임을 비유한 것이나 단순하지 않다. "눈물로 부둥켜안은 궁극의 빛 그 파란/끝 모를 한뉘의 심연 그토록 맞이한다"에서 오로라의 아름다움을 보며 드러낸 갈망은 그간 지속된 화자의 당당하고도 담대한 자기성찰, 자기 확장, 활기찬 자아의 성장의 맥락을 따를 때 상승을 향한 의지 표명에 가깝다. 이는 화자가 「우수아이아'로 떠나는 밤」에서 '기어이 끝을 향하여 가슴 내미는 한밤중'이라고 고백한 것과 그 맥을 같이한다. "구태여 먼 땅끝에서 끝낸 나를 보려 하네"에서 시인은 자신의 한계를 넘어 진정한 자신에 이르는 성숙한 자아의 모습을 언제고 확인하려는 열망을 가졌다. 「오로라」의 이 대목은 자기 확인의 단계를 넘어선 것이다. 나와 너가 우리로 어우러지고 함께 상승하며 벅찬 환희의 순간을 나누는 데 있다.

　시인 이숙경은 제4시조집 『가장자리 물억새』에서 단절된 삶과 시공간의 한계를 넘어 서로에게 이르는 길을 모색하기 위해 긴 여정을 부려놓았다. 시인을 따르며 타자의 삶을 알고 자신의 정체를 새롭게 재구성할 수 있었다. 시인의 지독한 생명 사랑과 조화롭고 아름다운 삶을 향한 담대한 행보는 계속 치열하게 이어질 듯하다. 언제고 시인의 여정에 동행하고자 한다.